꽃이 시들지 않아 하루도 쉴 수 없다

리얼리스트 시전詩全 2

꽃이 시들지 않아 하루도 쉴 수 없다

이옥금 시집

봄싹

차례

1부 돌아오지 않은 것들을 위해 _ 기다림

2부 빠져나오지 못한 것들을 위해 _ 떠남

3부 지금은 사라진 것들을 위해 _ 돌아감

4부 이 길을 건너기 위해 _ 다시 세움

5부 먼 곳에 다녀오기 위해 _ 기억함

제1부

돌아오지 않는 것들을 위해 기다림

과심果心

어떤 사과는 주인 모르게
마음속 병을 앓는다

이파리 뒤에서
끝까지 숨기고 익는다

아픈 사과는 무겁다

중력이 더 해
지상으로 지상으로 더 가까이
닿는다

과수원 주인은
병든 사과를
가슴에 꿀이 든 줄 알고
딴다

물까치 떼가 쪼아댄 상처는
비품으로 분류하고

마음이 아픈 사과는
정품으로 골라 놓는다

해가 갈수록
사과밭 주인이나 사과나
마음이
무겁고 무겁다

닭들이 돌아온다

빗속을 뚫고

맨발로
감나무 밭 사이를
뒤뚱거리며,

나도 약통 메고
집으로 간다.

밀짚모자에 떨어지는 빗방울

서로 젖은 몸 털고
밥을 먹는다

분명 닭의 머릿수가 모자란다

내일은 돌아오지 않은 닭을 위해
닭장 문을 부숴야겠다

닭 때문에
하루도 비울 수 없는
저녁이다

이무기가 사는 밭

봄이면
뱃가죽에 비닐 두르고
감자알 품고 드러누워
이랑을 긴다

바람이 거센 날은
용트림하며
하늘 높이 날아갈 궁리

참아라
참아라
삽으로 내려칠 때

새파랗게 얼굴 내민
감자꽃 흰머리

뚝뚝 잘라 버린다

아직 혹독한 여름은
멀었다

산골 깊은 밤

어둠을 틈타 포수가 온다
길 따라 탐조등을 쏘아 대는
산 아래 작은 내 집
처마를 들추며 빛이 들이닥친다
문 박차고 나가
귀 세우고 불빛 속으로 걸어 들어가고 싶다
밤이면 우는 것들이 있다
울음은 포수를 부르고
불빛에 자동 반사하는 눈동자
총 맞고 흩어진다
엎드려 짐승처럼 우는 밤
울음과 총성이 메아리치는 밤

당산나무

오늘은
다람쥐가 도토리 몇 알 놓고
빌고 갔나

참새 떼 몰려와
통성 기도 하고

바람은
늘 무언가
보채고

기둥 하나로 세운 신전

낯설고 막막한
들판에서 마주친

나의 오벨리스크

돌탑 위에

누군가 새로이 올려놓은
돌멩이 하나

손 씻고 기도하러 나온
수도자의 얼굴

매달려 흔들리는
나뭇잎

감사 비료

농부가 나무에게

나무가 농부에게

올 한 해도 수고했다고

마주 보며 서로

발등에

비료 한 줌 부어 준다

달무리 지던 밤

우리는 이따금 모여 파티를 했지
포틀럭이라고 들어 봤나
접시와 접시를 들고 와
귀농 우정을 나누었지
달도 흐뭇한지 입가에 미소를 띠었다
파티는 어쩌다 있는 거야
저 보름달처럼 한 달에 한 번
그래 그것만으로도 족해
우린 바빠
바쁜데 비해 별 소득은 없는 거 같구
삶에 달무리 껴 보지 않은 사람, 어디 나 뿐이겠어?
그럴 땐 저 달처럼 허공을 홀연히
걷고 싶단 생각 안 해 본 사람 있겠어?
아니, 그건 한 번이 아니고 늘 그래
복잡한 도시를 떠나 한적한 이 시골에 왔는데도 말이야
뱀 얘기로 한 시간 벌에 쏘인 얘기로 두 시간
닭 얘기로 또 한 시간 꽃 얘기로 밤을 새도 모자라
시골에 와서 우리 대화의 주제는 바뀌었지

성격도 동물성에서 식물성으로 바뀌었나봐
날씨 얘기는 항상 첫 번째 대화
우리가 기상청보다 날씨를 잘 맞출 때가 많아
내일 모레쯤이면 눈이 내릴 거야
저 봐 달 가장자리가 젖었잖아
또 달무리가 졌어 어쩌라구
달무리 노래 아는 사람 나와 봐
이구동성으로 흥얼거렸으나
모두 한 소절밖엔 몰랐다
알면서도 모른 척 할 수 있는 거고
어제 도시로 되돌아간 김 군을 생각할 수도 있어
달이 보이지 않는다고 달이 안 뜬 건 아니잖아
보이지 않는 걸 믿는 게 더 큰 믿음이라지만
과연 보이지 않는 우리 앞날을 장담할 수 있을지
농사져서 잘 먹고 잘살 수 있을는지
미래는 미래고 있는 동안 얼굴이나 자주 보며 지내자구
그래 그러자구

열한 시 반 시골 버스

눈은 내리는데
버스는 제시간에 왔다
문경 온천에서 출발한 버스
문이 열리자
꽃향기가 쏟아진다

배꽃 같은 눈송이
차창에 달라붙고
서로 차비를 내겠다고 우기는 할머니들처럼
눈발이 눈발을 밀치며 쏟아진다

첫차 타고 온천 목욕하고
집으로 돌아가는 할머니들
채 마르지 않은 파마머리
목욕 바구니 젖은 타올
하얀 김 비밀 없이 피어오른다

와이퍼는 뼈가 닳도록
눈발을 쓸어내고

고갯길에서 한 번
버스가 미끄러지자
모두 마음 졸이지만
이제 다리 건너
모퉁이만 돌면 종점이다

할머니들 주섬주섬
가방 열고
기사 양반! 외치는데
손마다 들려 있는
박카스와 요구르트
언제 눈이 왔냐는 듯

밥맛

벼 이삭 고개 숙인 들판
바람은 도돌이표
낱알 하나하나는 오선지 위 음계
메뚜기는 붓점 스타카토
둥글게 말린 볏짚은 새하얀 마시멜로
트럭에 실려 정미소로 날아가는 음표들
차창 열어놓고 듣는 뽕짝
정미소 피댓줄은 무한 반복
벗겨진 왕겨는 쌀 눈꺼풀
또는 쌀의 포경
고음 뽑어내며
밥이 되는 압력솥
밥과 나는 늘 하얗고
질거나 되거나 반투명이다

매일 먹고 돌아서는 허허벌판
공기 맛이다
한 숟가락씩 떠 보는
무덤덤한 무덤 맛이다

피차彼此

사내는 몸이 전 재산이었다

방 안에 젖은 연탄을 피워 놓고
죽었다

경찰이 오고
사내가 들것에 실려 나가고
늙은 어머니는
통곡하는데

연탄도 가진 건 이 몸뿐이라며
까맣게 버티고 서 있다

청벌레

비 오는 아침
파란 산맥을 넘는다

이파리들
파랗게 물들이고

숙였다 폈다

파란 땀 흘리는
파란 피를 가졌을
파란 눈물 흘리고
파란 똥을 누는

멍든 세상

미끄러지며
자맥질하며 간다
주름마다 비치는
쓰디쓴
파란 쓸개즙

돌이끼

돌들이 머리에 초록 수건을 쓰고 있다
밭을 매는 할머니처럼 엎드려 있다
이마에서 땀방울이 뚝뚝 떨어진다

할머니는 열무를 뜯으며
밭에 돌이 있어야 농사가 잘 된다고 했다
돌들이 오줌을 싼다고 했다
그래서 가물어도 채소가 산다고 했다

돌들이 이끼를 기르고 있다
무성할 땐 초록 채소밭 같다
가끔 사라졌다 나타났다 하는 걸 보니
돌들은 엇갈이로 이끼를 기르고 있다

분홍 두부

앞산엔 아지랑이 피고
김 씨네 구멍가게엔
고무 다라이 속 구름
글썽이고

과수댁 인연 다 했다고
봄바람 흘리고 간 꽃잎들
김 씨 몸 구석으로 밀려들어
열꽃 피었다

제2부

빠져나오지 못한 것들을 위해 떠남

바다에는 문이 없다

이른 아침 바다를 건너올 때
집을 나가던 바다는
저녁을 끌고 다시 집으로 돌아온다

남자 하나가 바다로 걸어 들어가고 있다

저녁 해도 바다로 빠져들고 있다

대교를 건너가는
자동차들도 바다로 빠져들고 있다

문이 없어서 아직
바다에서 빠져나오지 못한 것들이
출렁이고 있다

바다 위를 건너가는 버스

문틈으로
갈매기 울음소리
짭조름하게 들린다

파도가 집 앞까지 와 있었다

작은 게들이 수챗구멍을 타고
올라와
온 집안을 검푸르게 물들이고

나는 어쩌다 집으로 돌아가지 못하는지

나는 주머니 속 열쇠를 더듬어 본다

몸속 녹슬고 있는 뼛조각을 쓰다듬어 본다

궁륭穹窿이 펼쳐지다

동짓달 그믐
장례를 치르고 돌아가는 길
눈보라 치는 외곽 고가 도로
이 길은 지상에서 얼마큼 떠 있을까
터널 속으로 들어서자
바닷물이 검게 출렁거리고
요트 한 척 요동치다
고요하게 멎는다
터널 벽에선 수만 보름달이 뜨고
이 터널을 밤새 달려갔으면 좋겠다

돌담

남자가 돌멩이를 쏟아 놓았다
돌들이 온통 땀에 젖어 있다

여자 혼자 사는 집
저만치 뒤곁에 두고 한 개 한 개 날라
키 맞추어 쌓아 놓고
남자가 갔다

방문을 열면
강아지풀 씀바귀 민들레
돌담 밑에 오롯이 모여 있다

한차례 비가 내리고
돌들이 이를 꽉 문다

고마워서 뭔가 주고 싶어도
돌밖에 없는 살림살이
한 개도 뺄 수 없게
이를 딱딱 맞추어 놓고
남자가 갔다

코리도라스 여자

이 아파트에 이사 오고 나서부터

나는 어항이 되었다
한쪽에 푸른 바다색 시트지를 붙이고
물을 가득 채우고 청소를 시작한다
조심스럽게 유리부터 닦는다

열대어를 위해
수초도 기르고 작은 오두막도 들여놓고
물레방아도 놓았다

나는 말 대신 뻐끔거린다
아무도 알아듣지 못한다

걸레질하며
기어다닌다
시력은 퇴화되었고
어항이 깨질까 봐 두려워
창문을 열어본 적이 없다

나는 늘 불을 켜고 산다
물에 어른거리는 달빛
나를 내려다보고 있을 누군가의 얼굴

서쪽 유리벽부터 초록 이끼가
노을 져 번진다
이끼는 나의 양식이 되었다

이란성

지금 삼겹살을 구워 먹는 너와 나는
한배에서 나왔지?

그런데 너는 살코기처럼 단단하게 생겼고
나는 비계처럼 물렁하게 생겼어
너는 이빨도 단단해서 살코기를 좋아하고
나는 이가 약해 물렁한 비계가 좋아
그래 비계는 뜯어서 나한테 줘
너는 살코기를 가져가
그런데 살이 별로 없다

너는 사는 것도 살코기처럼 야무져
나는 비계처럼 사는 것도 물렁해
너는 행복하다는 소릴 자주 하고
나는 우울하다는 소릴 자주 해
한배에서 나왔는데 왜 그러지?
같은 엄마 젖을 먹고
한 상에서 엄마가 해 주는 밥을 먹었는데
너는 살코기처럼 얼굴도 핑크색이고

나는 비계처럼 흐릿하고 희멀게
엄마가 너한테 뭘 따로 준 거야?

그런데 네가 살코기고 내가 비계라면
엄마는 껍질인가?
너는 박피된 걸 좋아하잖아?
난 질겨도 껍질이 있는 게 좋아
그래서 너는 엄마가 없어도 씩씩하고
나는 매사 불안한가 봐
너랑 나랑 반반 섞자고 하면 네가 싫어하려나?
그래 안 그래도 좋으니 자주 만나기나 하자
다음엔 소고기 먹자구?
응 아냐 아냐 내가 한 번이라도 사야지.

도마뱀 꼬리를 보았다

나만 보면
금방 사라지고 없다

붙잡고 싶은 마음 없는데

사라진 자리에서
담쟁이덩굴이 벽을 타고
기어오른다

지붕을 타고 넘어간다
여름도 같이 따라간다
블록 벽도 사라졌다
벽에 걸린 거울도

나만 보면 도망간다

붙잡고 싶은 마음 없는데
저 멀리 높게 떠 있는 달도

회전문

들어간 기억밖에 없고
나올 생각은 묘연하다

오로지 날개만 남아
무춤거린다

하루도 쉬지 않고 멈추지 않는
우화

나비는 화석이 되어 가고 있다

여행

말같이 생긴 사람이 말가죽 구두를 신고 말같이 간다
소같이 생긴 사람이 소가죽 구두를 신고 소같이 간다
양같이 새긴 사람이 양가죽 구두를 신고 양같이 간다
물소같이 생긴 사람이 물소 가죽 구두를 신고 물소같이 간다
낙타같이 생긴 사람이 낙타 가죽 구두를 신고 낙타같이 간다
타조같이 생긴 사람이 타조 가죽 구두를 신고 타조같이 간다
뱀같이 생긴 사람이 뱀 가죽 구두를 신고 뱀같이 간다

가죽과 가죽이 가족같이 걸어간다 코를 세우며 간다

악어같이 생긴 사람이 악어 가죽 구두를 신고 악어같이 간다
도마뱀같이 생긴 사람이 도마뱀 가죽 구두를 신고 도마뱀같이 간다
캥거루같이 생긴 사람이 캥거루 가죽 구두를 신고 캥거루같이 간다

이구아나같이 생긴 사람이 이구아나 가죽 구두를 신고 이구아나같이 간다
밍크같이 생긴 사람이 밍크 가죽 구두를 신고 밍크 같이 간다
염소같이 생긴 사람이 염소 가죽 구두를 신고 염소 같이 간다

컨베이어 벨트를 타고 간다
다시는 이 땅에 돌아오지 않을 사람처럼

완두

방마다 각기 다른 아빠의 아이들이 자라고 있어요

고양이는 옹벽 끄트머리를 거닐며 사랑을 했어요
야옹야옹 그르렁거리며 나무 등걸 사이에서 뒹굴었어요

방 하나의 아빠는 벌이고요
다른 방엔 나비의 아이가 자라고 있어요
먼 곳에서 불어온 바람의 아이도 더러 있답니다

어제의 고양이는 아빠와 사랑을 나누었고
오늘의 고양이는 오빠와 사랑을 했어요
내일은 작은 오빠와 사랑을 할 차례에요

바람의 아빠는 고양이처럼
밤에도 어슬렁거리며 완두콩 밭을 맴돌아요
지난밤엔 얼마나 멀리 나가서 돌아다니다 왔는지
오늘은 꼼짝 않고 쉬네요

바람의 방에 나비가 들어가고 있어요
나비가 나오자 벌도 들어가고 있어요
꽃들의 음순이 펄럭거려요

빈방인 줄 알았는데
각각 다른 아빠의 아이들이
한곳에서 눈을 뜨고 있어요

완두는 아직 새파랗게 어려요
고양이의 눈에서도 아직
파란 기가 빠지지 않았어요

어쩜, 그 어린것들이 점점 배가 불러오고 있네요

눈보라

아 저 무수한 바람의 세포들

바람의 세포는 흰색이다

눈보라는 겨울의 백혈구다
겨울을 증식하는 조혈 세포다

산은 늘 침묵으로 앉아 있어서
아픈 줄 몰랐다

뾰족하게 가지만 남은 나무들이
산의 폐부를 찌르는 줄 몰랐다

허공은 늘 비어 있는 듯 채워져 있는 듯
아리송해 아픈 줄 몰랐다

삼나무 바람에 흔들리는
가로수 길이 낭만인 줄만 알았다

바람은 나무를 통째로 안고 가려 한다
나무는 잔가지들을 떨어뜨리며
저항한다

바람은 가시를 품에 안고
하얀 피를 흘리며
이 산에서 저 산으로 옮겨 간다

무수한 자가 면역 세포를 퍼뜨리며 간다

제3부

지금은 사라진 것들을 위해 돌아감

바다로 가는 길목

원피스 차림 마네킹들이 바람을 맞고 서 있었다

아무도 원피스를 사는 사람이 없자
바다를 뒤로한 채 봉고차에 던져질 때

왕방울 목걸이가 퉁퉁 가슴을 치고
펄럭이는 치마 아래 희끗한 맨발
청색 테이프로 묶은 금 간 발등
세찬 눈보라가 치고 있었다

두 팔로 홀쭉한 배를 감싸 쥐고
얼굴도 없는 마네킹들
목구멍이 꽉 막혀 있었다

여자와 가방

옆구리 살은 쳐지고
어깨는 봉긋하니
못에 걸려 있다
외출했구나

한번쯤 전신 마취를 하고
개복했을 법한
몸속
몇 장 지폐를 넣어 두고
비천하지 않게 꺼내 쓸 수 있는
방랑을 간직한

아코디언처럼
어깨에 메고
버스만 타면 어디든 가서
방 한 칸 얻어
살림을 펼칠 수 있을 것 같은

월미도에 뜬 흰 달

다시 떠오르기 위해 얼마나 발버둥치며 동쪽으로 가야 할까 밤새 젖은 몸을 말리기 위해 얼마나 털어내어야 할까 내일은 더 작아지기 위해 얼마나 몸을 깎아야 할까 떨어진 비늘들 물결에 쓸려 반짝인다 몸을 비틀고 정수리에 쏟아지는 불빛들 비명을 지르며 하강하는 바이킹의 창백한 얼굴들 밤거리를 헤매다 월미도에 떠 있다 무엇인가 놓쳐 버리고 밤바다에 떠 있는 여자 비둘기 발목이 진한 보라색으로 변할 때 앰뷸런스가 방파제 앞에 와 멎는다

조화 속이다

시들 수 없는 꽃처럼
화장을 하고
시장 입구 난전에 앉아
조화를 파는 여자

신발 밑창으로
발 금 잔뿌리가 뻗고

꽃이 시들지 않아
하루도 쉴 수 없다

자리를 뜰 수 없다

울혈성 오후

얼굴은 달아오르고
금세 차가워지는
꽃잎들

조화 속에 우뚝
암술처럼 앉아서
무수한 수술
털이개만
흔든다

진정 꽃 사라고
한번도
외치지 못하는 여자

오늘도 조화 속이다

어떤 여자의 요리 셀카

으음, 오늘은 잡채를 만들어 보려고요. 보세요, 이렇게 둥글고 뽀얀 양파, 축소되고 응집된 누군가 위장된 욕망 그런 양파를 이렇게 도마 위에 올려놓고 착착착 채를 썰어 주고요 매워서 눈물이 좀 나는군요. 훌쩍, 하지만 일차적 욕구인 이 식욕을 위해서라면 당근, 이제 당근을 썰어 보죠. 뭐랄까 좀 어색한 표현이 될지 몰라도 이 색은 석양을 닮지 않았나요 우리가 서해에서 보았던 일몰 어머, 정말로 도마에 붉은 물을 들이고 장렬히 전사하듯 썰렸습니다 호호, 행주로 싹 닦아 내고 음, 다음은 이 피망, 우리의 매콤했던 청춘 같은 피망을 채 썰어야죠 색감을 살리는 덴 피망이 최고죠. 반 갈라 속을 다 파서 아유, 이것 보세요 사리가 들어 있어요 고민 덩어리가 사리도 될 수 있나요 그렇다면 고민은 고추씨 털 듯 탈탈 털어 내야 해요 새파랗게 외로운 청춘을 보냈으나 여전히 외로운 시절 이럴 땐 먹는 게 최고죠 착착착, 착착착 이런, 피망에선 초록 물이 나왔군요. 역시 행주로 닦아 주고요, 훌쩍, 다음은 표고를 채 썰겠습니다. 영양뿐 아니라 향을 따라올 야채는 표고 이상 없지요. 자,

채 썬 야채는 한곳에 가지런히 모아 두죠. 이런, 표고는 도마에 검은 물을 들였군요. 그러고 보니 채 썰었던 야채들이 모두 제 색깔대로 물을 들였어요. 내가 만약 이 중 야채라면 당신을 울리는 양파 호호, 인정하기 싫은 모양이에요 그렇담 이제 마지막으로 사랑이라고 외치는 고기를 채 썹니다. 얇게 포를 떠서 눕혀 놓고 착착착. 고기는 야채보다 쉽게 썰리진 않는군요. 고기는 이렇게 손목에 힘을 주고 칼을 뒤에서 앞으로 밀면서 채를 썹니다, 이렇게 슥, 앗, 손을 베었네요. 이 피, 이 피 좀 보아요 붉은. 흠, 방금 한 말을 고쳐야 할까 봐요 제가 착각했어요 나는 양파 같이 하얀 야채가 아니고 순수한 채소는 더욱 아니고 피 흘리는 짐승, 하얀 피부를 가졌지만 실은 붉은 욕망을 살가죽 밑에 감추고 있는 가증스러운 짐승 이렇게 말하면 당신, 나라는 인간 혹 정떨어질까 아, 그러면 고기 채 써는 부분부터 다시 찍어 보겠습니다. 손가락에 반창고 좀 붙이고요 조금 전 영상은 없던 걸로 하고 다시, 큐, 호호호 쏘리.

반달

거기엔
뇌가 반이 죽은 아버지
사진이 걸려 있었네

한 달에 한 번
아버지는 자기 공명 영상실
반달 속으로 들어갔네
어머니도 따라 들어갔네

어머니가 먼저
어둡고 긴 터널
반달 속에서
영구차를 타고 나오네

왼쪽 뇌가 마비된
아버지 때문에
아버지의 오른편으로 살던 어머니
반달 속에서 뼛가루가 되어 나오네

매서운 새 비껴가던
어머니 눈썹
반달에서 빠져나온
뼛가루에 푸르게 새겨 있네

검은 비닐봉지

검은 비닐봉지 잡힐 듯 밟힐 듯 바닥을 기어간다 바람을 삼키고 부풀어 올라 공중제비 돌다 나뭇가지에 걸려 몸부림친다 아우성친다 의사가 적출한 자궁을 보여 주었다 내 속에도 바람이 들면 부풀어 오르는 비닐봉지가 있었구나 아이를 갖고 열 달 동안 나를 부풀게 했던 비닐봉지가 비루하게 숨어 혹을 키우고 있었구나 의사가 버렸다는 나의 자궁은 저 검은 비닐봉지처럼 지금 어느 하늘을 날고 있을까 미처 깨어나지 못한 자궁 속 난자들은 흩어져 어느 공중 비둘기 밥이 된 건 아닌지 어느 하수구를 거쳐 바다로 흘러 물고기 밥이 된 건 아닌지 나를 부풀렸다 오므라들게 했다 검은 마술 같은 비닐봉지 그 속에 한 열 달 숨어 있다 나왔으면 나는 다른 사람이 되어 있을까 갈기갈기 찢어져 차가운 하늘에 까마귀처럼 흩어지는 검은 비닐봉지 까맣게 닫힌 나의 창문엔 수액이 빠져나간 링거병 그림자 허무가 핏줄을 타고 들어왔다

하지夏至

구로역 철길 틈에 씹다 버린 껌들
메꽃 그늘 밑에서
종주먹을 쥐고 있다

단물만 빨고 버린 사랑
이빨 자국 하나 풀지 않았다

엄마가 안 계시니

엄마가 안 계시니
물어볼 데가 없네
엄마는 왜 돌아가셔서
나를 답답하게 하나
엄마가 해 주던
양파장아찌가 먹고 싶어서
양파도 심어서 캐 놓고
고추장도 많이 담가 놓았는데
엄마가 안 계시니
장아찌 담는 방법을 알 수가 없네
시퍼런 줄기까지 고추장에 박은 양파장아찌
아무리 기억을 되살려 봐도
엄마 맛을 흉내도 못 낼 거 같아
양파고추장장아찌 하나면
도시락 반찬으로 최고였는데
엄마는 다마네기고
나는 양파라 불렀던,
우리 딸년 얼굴이 다마네기 같다고
동글동글 그래서 공부도 잘할 거라고

근데 엄마, 나는 이리 모르는 게 많네
그리고 내 입맛이 자꾸 옛날로 돌아가나 봐
엄마가 해 줬던 걸 더듬어 찾아가고 있네?
엄마는 왜 하늘로 돌아갔지?
엄마가 안 계시니
자꾸만 앞에 벽이 생기네
엄마는 힘도 셌는데
엄마 무덤 앞에 놓인 돌쯤이야
한 손으로 부수고 나올 수도 있는데.
엄마 살아 있을 때 많이 볼 걸
엄마한테 얻어먹기만 하고
갚은 기억이 별로 없어서
정말 미안하네 엄마
엄마가 담근 장아찌는 한 독이었는데
나는 요거 갖고 찡찡대네
어지르기만 하고 제대로 된 게 없네

냉장고

당신과 나 사이에는 얼리거나
차갑고 냉정하게 보관해야 할 것들이 많아

처음 나눴던 약속이나
장래에 관해서
꼭 넣어야 되고 없으면 빼도 되는
양념 같은 기념일 또는 여행에 관한
기쁘고 슬픈 이야기들

냉장고 문을 열면 꼭 한두 개는 쏟아져 발등을 찧는다

어느 날 불룩했던 봉지들이 푹 가라앉아 있다

에이에스 기사는 냉장고 모터가 나갔다고 했다
적절한 양을 넣어야 효율적으로 보관이 된다고 했다

당신은 나를 탓한다

날짜를 넘긴 것들이 많다

무엇을 넣어 뒀는지 만져 봐도 모르는 것들이 많다

더 많은 것들을 간직하려고
철석같이 냉장고를 믿은
내가 어리석었다

구두 소리

누가 세상의 한 자락을 접어서 길을 만들었을까
구두 굽이 똑, 똑, 노크해 본다
이빨을 꽉 맞추고 입 다문 보도블록들
구두 굽이 다시 노크해 본다
여기에 길을 만들어 놓고 날마다 이 길을 가게 하는 당신,
누구세요?
건널목마다 그려진 하얀 선들은
다음 세상으로 가는 사다리인가요?
대답 좀 해 주세요
똑, 똑, 똑, 노크하며 걷는다
신호등 속에서 지금까지 사거리를 맴돌고 있는
저 파란 눈동자 속의 사내는 아직도 갈 길을 못 찾고 헤매는 건가요?
나는 왜 캄캄한 밤길을 질주하는 자동차처럼
빨리 걷지도 못하면서 이젠 비틀거리기까지 할까요?
똑, 똑, 똑, 똑, 구두 굽에 더욱 힘을 주어 노크하자
이빨들 모서리를 세워 내 발부리를 조아 버릴 것

같다

발길을 늦추고 서서히 걸어가는 늦은 밤 귀갓길
물음표같이 내려온 힐 뒤축으로
똑, 똑, 이 길 속에 누가 있느냐고 묻는데
입도 안 벌리고 늘 대답을 안 하는 당신은
어젯밤에도 어떻게 내 구두 굽은 갉아먹었던 거지요?

엄마의 뒷머리

엄마의 뒷머리는 언제나 구름이었다 꼭 어느 하늘 구름 공장에서 주형을 떠 온 듯 뽀글뽀글 구부러뜨려 둥근 공간 속에는 무얼 숨겨 왔을까 그것은 엄마의 스타일일 것이다 싸고 질긴 파마 스타일이다 크고 까만 구름일 적엔 유원지 앞에서 차례를 기다리는 나의 그늘이 되었고 나의 눈앞에선 외발로 춤추는 발레리나 오르골 인형, 한 바퀴 돌면 또 한 바퀴 돌면 인형의 치마처럼 층층으로 동그랗게 찍혀 나오는 솜사탕 솜사탕들, 솜사탕 너머 왕자가 탄 백마처럼 솟아오르는 회전목마 지구를 한 바퀴 돌면 또 한 바퀴 돌면 달콤하게 감겨 나오는 솜사탕 솜사탕들, 솜사탕을 들고 회전목마를 타며 목젖이 보이도록 까르륵 까르륵 웃고 싶었다 구름 같은 솜사탕을 쭈욱 반으로 쪼개어 손으로 뜯어먹고 싶었다 엄마의 뒷머리는 정말로 내 머리 위에 떠 있는 구름, 갑자기 쏟아진 소나기 때문에 유원지에 들어가지 못하고 그냥 돌아오는 길 뒤돌아보았을 때 비를 맞으며 외발로 춤추는 오르골 인형 또다시 뒤돌아보면 뇌수처럼 흘러내리는 솜사탕 솜사탕들, 엘리제를 위하여 비를 맞는 오르골 음악 엄마의 뒷머리는 엄마 기분에 따라 집안 공기를 움직이는 구름 언제부턴가 엄마는 창가에 앉아 있기를 좋아했다 유리창에 늘 머물러 있는 엄마의 구름 집안은 어두침침 진한 회색이었다 나는 오르골 태엽을 감는다 문을 열고 나와 외발로 춤추는 발레리나 집안을 한 바퀴 돌면 솜사탕처럼 하얘지는 엄마의 뒷모습 또 한 바퀴 돌면 솜사탕 막대처럼 남아있는 엄마의 가느다란 등뼈 엄마의 희고 구불구불한 파마머리 속에는 생각들이 물결처럼 흘러다닌다 나에게 무엇이 될 거냐고 다그친 엄마는 정말 구름이 되고 싶어, 둥실 떠가고 싶어 평생 저렇게 풀리지 않는 컬로 뭉쳐진 구름 파마를 하고 살았나 보다 가발처럼 훅 벗어던져도 좋고 혹 유원지 같은 데서 잃어버린다 해도 아깝지 않게 싸구려 파마를 하고 살았나 보다 정말 우리를 버리고 홀가분하게 하늘로 떠가는 구름이 되고 싶었나 보다

제4부

이 길을 건너기 위해 다시 세움

은둔

그대여 기다리지 마세요
그곳에 우리의 계절은 오지 않아요
앞산 골짜기 잔설이 녹아
당신의 강을 적신다 해도
나는 오지 않을 겁니다

사랑은 왜 눈에 담을 수 없을 만큼
눈물을 만드나요
나는 그곳에서 본 당신의 마지막입니다
당신이 내게 던진 돌멩이가
벽이 되고 돌담이 되어 서 있습니다

다시 쓰려는 역사의 첫새벽
살얼음 낀 뒷 강물에 섰습니다
더 이상 묻지 마세요
여기는 메아리가 사는 곳
공중에도 파문이 아프게 번집니다

걸어 나갈 수 없는 발은 축복입니다

다그치던 시계 초침을 빼낸 지 오래
아침 해도 어떤 날은 게을러
산새도 내 울음을 흉내 내며
서로 닮아가고 있습니다

사랑은
은사시 얕은 은박지 깊은 은하수 은반지
은둔자 은근히 은밀한 은은한 낡은 은유법

새 역사는 아직 뒷전입니다

그림자들이 보따리를 안고

읍내 터미널
노인들이 저만큼 의자에 앉아 있다

그림자들이 보따리를 안고 있다
근심 가득한 만삭의 보따리

얼마나 돌아다녔는지
냉해 입은 감자알같이
껍질이 흐물거리는

황금 보따리로 위장한 햇볕

초록색 빈 의자에 앉아
졸고 있다

음지 식물처럼 가느다란
노인이
몇 시냐고 묻는다

이제 갈 시간이라고
누군가 대답한다

저만큼
저보다 큰 노인을
끌고 가는 보따리들

거미와 비행기

얼마나 가벼워야 이렇게 떠오를 수 있을까
아니 얼마나 힘이 세야 공중에서
이렇게 큰 기체를 떠받치며 날아가게 할 수 있을까
그동안 올려다보았던 것들이 내려다보인다
나는 지금 비행기 안에서 한 사내가
요세미티 엘 케피탄 바위산을 오르는 기사를 보고 있다
아니 요세미티 밸리를 들어 올리는 사진을 보고 있다
사내는 암벽 틈에 손가락을 놓고 바위를 움켜잡는다
번쩍거리는 가죽, 칠피 같은 어깨와 팔 근육이 불록 솟아 있고
얼굴은 몹시 일그러져 있다.
암벽을 건너온 한 사내는
태프트 포인트에서 요세미티 밸리를 내려다본다
아니 요세미티 낭떠러지 바위가 사내의 발끝에 달려 있다
사내의 몸에 걸려 있던 밧줄이 거미줄같이 늘어져 있다
또 한 사내는 투울룸니 암벽에 거꾸로 매달려 있다
아니 암벽을 들어 올리고 있다
팔다리가 꺾여 있는 사내의 검은 실루엣은 꼭 거미 같다
그동안 내가 보았던 거미는 얼마나 몸이 가벼워서

실보다 가는 거미줄을 사뿐사뿐 건너다녔을까
아니 거미줄로 벌레를 잡으려면
얼마나 세게 그 집을 떠받치고 있어야 했을까
비행기는 지금 수천 피트 상공을 날아가고 있다
아니 지금 수천 피트 상공에 펼쳐진
거미줄에 걸려 끌려가고 있는지 모른다
거미는 어떻게 허공에 첫발을 내딛고 거미줄을 치는지
허공은 무슨 힘으로 해와 달을 붙들어 이 길을 건너가게 하는지

새벽 조등弔燈

골절상을 입고 응급실에 들어설 때
병원 앞마당 꽃시계는
다섯 시 반을 가리키고 있었다

절룩거리며 목발 짚고 나올 때도 여전히
다섯 시 반이었다

어디선가 울음소리 왁자히 번져 간다
누군가 운명을 달리 했던
그 시각

노란 꽃가루 뿌리며
간다
이 새벽에
꽃시계는 여전히 다섯 시 반
목발을 짚고 있었다

자명종

자발적인 것이 두렵다
그것은 새벽녘 꿈속에서
결합을 깨뜨리는 파편 같아서
자발적으로 찾아오는 이별
한동안 눈 뜨지 않고 태엽 안에 있다
나를 마비시키는 목소리
외침은 녹슬고
심장은 조이고 조여
압축을 거듭하고 있다
내 몸속에는
깨우지 못한 시간들이 쌓여 있다

도덕경 제81장

생선을 먹을 때
살코기를 발라 먹고 뼈가 드러나거든
두어라
그대로 두고 보아라
뼈가
가시가 무언지 헤아려 보아라
비늘 옷
살 지식
접시 위에 드러내 놓고
반듯이 누울 수 있는지
한번
생각해 보아라
뼈아프게
생각해 보아라

백 년 된 집

이사 오던 첫날 밤
쥐들 안식이 흩어지는 소리 들렸다
도배지 몇 겹에 숨죽인
감나무에 목맨 이야기도 들춰냈다
거름 주고 물 뿌려
곶감 만들고 홍시 따먹으려던 마음 접고
꼭대기 잔가지 잘라 내고
아래 굵은 기둥엔 톱 먹여
밧줄 감아 넘어뜨렸다
뿌리까지 다 태워 버렸다
아예 시멘트로 싹 메우고
장독 놓고
꽃도 심었다

그런데도 봄이면
삐죽삐죽 솟아나는
감나무 싹
팔뚝에 소름 돋도록 무서웠다

골짜기 연못

잡풀 태우다 뒷산 불내고
벌금 삼백만 원 두드려 맞고 내려오다
연못에 확 뛰어들까

헬리콥터가 두 대나 와서
바닥까지 긁고 간 자리
남은 물 손바닥만 하다

민물새우 바글바글 세로로 서 있고
다슬기도 물고기 가족 살기에도 비좁다

돌 하나도 던지면 안 될 것 같았다

착한 사람

버스가 플라타너스 가지 톡톡
치고 다니는 이 차선 국도

푸른색 조끼 입은 사내가
전선줄에 맞춰 가지런히
플라타너스
잔 목을 치고 있다

돌아오는 길
새집 품은 가지
삐죽
하늘가에 남아 있다

첫서리 내린 날이었다

어느 집 개에 관한 이야기

그 집엔 개 두 마리가 있었다 한 마리는 풍산개 피가 섞인 잡종, 한 마리는 족보 있는 순수 혈통 진돗개였다 대문 양쪽에서 수문장 역할을 감당하며 열심히 잘 먹고 작은 둔덕 같은 배설물을 쏟아 놓곤 했지만 귀찮긴 해도 파수꾼이니 개똥 치우는 일쯤이야 감수할 만하다고 여겼다 한번 온 손님은 꼭 기억하고 낯선 사람은 유난히 크고 길게 짖어 무안하게 만들어 손님을 쫓다시피 했다 주인은 사랑스럽게 머리를 쓰다듬으며 풍산개가 순종이 아님을 다만 아쉬워했다 그러던 어느 날 밤부턴가 잡종 풍산개가 몹시 짖어대기 시작했다 주인을 보자 더 크게 짖어대며 앞발을 세우고 왔다갔다 뭔가 신호를 보내는 듯했다 사위는 고요하고 누가 온 흔적도 없고 그림자도 비치지 않는 적막한 밤일뿐 말을 해, 말을. 주인은 짖던 개를 다그치고 돌아서기 일쑤였다 진돗개는 일체 짖지도 않고 짖는 풍산개를 물끄러미 건너다보고 있었다 역시 의젓하고 체통이 있군, 순종은 달라 하며 주인은 방으로 들어와 누었다 새벽 일찍 일어나 나가야 하는데 개 짖는 소리에 잠을 잘 수가 없었다 분명 이웃에서 태클이 들어올 텐데 입에 재갈을 물릴 수도 없고 짖는 개를 나무라도 소용이 없으니 생각다 못해 주인은 풍산개를 없애기로 했다 마침 지나가던 개장수를 불러 사료 값 정도만 받고 개를 넘겨 버렸다 오늘은 조용히 잠을 좀 잘 수 있겠다 싶어 마음이 푸근했다 한동안 닭들이 홰를 치는 듯하더니 이내 고요해지고 푹 잔 탓에 상쾌한 아침을 맞이했다 기지개를 켜고 나가 빗자루를 들고 마당을 쓸었다 개 한 마리 없어진 게 이렇게 허전하구나 주인이 나오면 아는 체 한답시고 겅중겅중 뛰어오르곤 했었는데 진돗개는 여전히 도도하게 앉아 체면을 차리고 있다 사료를 푸다가 아차 한 마리지 하고 다시 덜어 내었다 빈 밥그릇이 차갑고 서늘해 보여 조금 코끝이 찡했다 일말의 미안함이 일었다 닭장 문을 열고 밥을 주려는데 닭들이 보이지 않았다 분명 병아리 여섯 마리와 어미닭 수탉 이렇게 여덟 마리가 있어야 하는데 바닥을 보니 닭털들이 널려 있고 머리 잘린 병아리 몸통이 나뒹굴었다 집을 나서던 풍산개의 몸짓을 기억했다 가지 않으려고 버티던 개를 억지로 끌어낼 때 급기야 이빨을 보이며 으르렁대던 개를 빗자루로 한 대 후려쳤다 이것이 감히 주인에게 한 대 더 때리려다 이젠 더 이상 주인이 아님을 깨닫고 멈추었을 때 개는 일부러 눈빛을 피했었던가 말을 하지 말을, 끝까지 가지 않겠다고 이 바보 같은 개. 밥도 먹지 않고 진돗개는 여전히 앞발을 모으고 앉아 주인을 바라보고 있었다 그런 진돗개의 입가에 살짝 미소가 번졌다 한쪽 끝이 살짝 일그러져 있는 것을 그는 확실히 눈치 채고도 남았다 참으로 멍멍한 아침이었다

공사 구간

공중에 떠 있는 다리를 보수한다
걸어 다니지도 않았는데
다리가 아프단다
겨울 들어 가장 추운 날이다

어김없이 마네킹 남자가 서 있다
빨간 불 막대 봉을 쥐고
하늘로 가는 길을 인도하고 있다

두 시간 운전 십오 분 휴식
하늘로 가는 공식이 머리맡에 걸려 있다
십오 분이 넘었다

마네킹 남자 발등은 금 가고 무릎이 깨졌다
손목도 잘려있다

그 남자 아직도 불 꺼진 팔뚝을 흔들고 있다
그 남자의 히치하이크
차들은 납작 엎드려 있다

굴뚝 그림자

파업이다
옥상에 올라 담배를 피워 물고
구름에 섞어 연기를 흘려보내는 날들

손가락 사이
어느 허술한 국경 지대
망루의 초병인 듯
둥글게 돌아가며 점멸하는
굴뚝 끝 불빛들

며칠째 솟지 않는 연기
퍼붓는 소나기를 맞고 서 있어도
목이 마르다

담배를 끊었는지
며칠째 보이지 않는 남자

제5부

먼 곳에 다녀오기 위해 기억함

벽 속에서 귀뚜라미가 운다

어릴 때
벽에 걸린 나프탈렌은
흰자위만 남은 눈으로
나를 내려다보고 있었다

껍질 벗겨 걸어 놓은
튤립 구근도
한 접씩 매단 마늘도

달도.

할머니 옷과
성경 책에도

육체는 썩어도 영혼은 천국에 가
영원히 산다는 말을 믿은 할머니

사라졌지만
끝까지 몸에 밴
냄새가 있었다

그믐

일수놀이 하는 빵머리 여자가 들이닥쳤다 언니의 가랑이를 찢어 놓겠다며 소리를 질러댔다 언니는 이미 다락에 올라가 숨어 버렸고 여자애는 빵머리 여자가 내뱉는 온갖 패악을 받아 내야 했다 열흘 안에 돈을 갚지 않으면 언니를 감방에 처넣어 콩밥을 먹이겠다고 으름장을 놓았다 대나무 밭 죽순이 무서운 속도로 자라나는 여름이었다 걸핏하면 동생은 밑살이 빠져서 마당에 똥을 누어야 했다 그때마다 여자애는 동생 똥을 받아서 대밭에 뿌렸다 그리고 삐져나온 동생 밑살을 항문 안으로 밀어 넣어야 했다 그 광경을 보고 있던 여자애 언니가 웃기 시작했다 웃다가 울다가 머리통을 회벽에 박으며 울기 시작했다 여자애 동생도 우는지 웃는지 모를 괴성을 질렀다 여자애가 잠깐 빗자루를 가지러 간 사이 개가 동생 고추를 물어버렸다 동생은 피범벅이 된 아랫도리를 붙잡고 마당에 나동그라졌고 여자애는 개를 잡으러 다니다 아차 싶어 얼른 동생을 업고 면 소재지 의원으로 달려갔다 동생은 고자가 될 거라고 동네 사람들이 말했다 언니는 종일 어디론가 쏘다녔다 얼굴은 까맣게 타고 몸은 상처투성이가 되어 집으로 돌아왔다 잠을 자지 않고 천장을 올려다보며 욕설과 침을 내뱉었다 제 얼굴로 침이 떨어져 내렸다 급기야 식음을 전폐하고 엎드려 울기만 했다 언니가 지나가면 동네 개들이 이빨을 보이며 으르렁댔다 언니에게 귀신이 붙었다며 동네 사람들이 수군거렸다 급기야 굿을 해야 한다며 숙모가 당골네를 데리고 왔다 숙모와 당골네가 합세해 언니를 살구나무에 묶고 윗옷을 벗겼다 언니는 야수 같이 당골네를 잡아먹을 듯 노려보았다 아랑곳없이 당골네는 한 움큼 묶은 대나무 가지로 언니 몸을 쓸어내리며 뭔가 외워 댔다 등짝과 어깨에 핏자국이 맺혔다 언니 살결이 나풀거리기도 했었다 퉁퉁 불은 언니 시체가 둠벙가 풀밭에 놓여 있었다 벌어진 옷틈으로 불룩하게 부른 언니 배는 물을 먹어서가 아니었다 소문대로 아이를 밴 게 틀림없었다 깡패에게 강간을 당했고 그 깡패가 언니를 나 몰라라 했다는 것도 사실이었다 쌀 한 되박을 넣고 돌돌 말은 흰 띠를 양쪽에서 붙잡고 사람들이 둠벙 바닥을 훑고 있었다 그것이 물에 빠져 죽은 언니의 넋을 건지는 일이라고 했다 박수는 징을 치고 당골네는 바라춤을 추었다 언니의 죽음을 두고 마을 사람들이 잔치를 하는 느낌이었다 사람들이 흰 띠를 건져 올렸다가 풀어 보고 다시 몇 차례를 돌아가며 둠벙 바닥을 훑었다 드디어 풀어 본 하얀 쌀 속에서 검은 머리카락 한 올이 나왔다 사람들은 그게 언니의 넋이라고 했다 마을 사람들이 둠벙 물을 죄다 빼고 새 물을 넣기로 했다 차일피일 미루는 사이 장마가 시작되었고 둠벙은 흘러든 빗물로 철철 넘쳐흘렀다 며칠째 달 없는 밤이 계속되었고 여자애는 신기하게 전혀 슬프거나 무섭지 않았다 죽은 언니나 남동생과 전혀 한 방울의 피도 섞이지 않았다는 걸 알게 된 건 얼마 지나지 않아서였다 아빠로 알았던 사람은 장돌뱅이였고 근처 장에서 자신을 주워 왔다고 숙모라는 사람이 일러주었다 숙모는 서울 가서 식모살이라도 해 살길을 찾으라며 여자애를 타일렀다 자신에 관한 궁금함을 일체 그 집에 묻어두고 여자애가 길을 나섰다 별도 달도 없는 그믐이었다 그 빵머리 여자가 대숲에서 여자애를 기다리고 있었다

맨드라미

꽃 속에서 바느질을 하였다

소풍 가는 날 입을
주름치마를 만들었다

빨갛게 눈에 띄는 치마
주름이 절대 펴지지 않는 치마

장날 어머니가
사온 밍크 이불

보드라운 털을 손바닥으로 쓸면
누웠던 꽃들이 일어서고
주근깨 씨앗이
톡톡 튀어나왔다

꽃밭을 일구고
먼 곳에 다녀오는 꿈

밍크 담요 속에는 밤마다
캉캉 춤을 추던
이국의 아가씨들

희고 늘씬한 다리를 치켜 올릴 때마다
맥주 거품 훔치며 환호하는
카우보이들이 있었다

이제 꿈들이
시접으로 말려들어 간다

주름이 절대 펴지지 않는
열가소성 치마

마지막 주름을 다려 주면
완성이다

미시령 터널

하하하 하품하는 어머니 입속으로 남동생 소 판 돈 들고 오토바이 훔쳐 타고 휙 반딧불이처럼 후미등 깜빡깜빡 비추며 드드드 어머니 입천장 훑고 속초 바다로 날아가는 동생 허리 붙잡은 아가씨 생머리 어머니 입천장 간지럽혀 하하하 어머니 입 더 크게 벌어져 귓속 꽉 차오르는 소리 드드드 어머니 굽은 등뼈 오그렸다 펴 보면 윗잇몸 틀니 두어 개 빠져나온 알전구처럼 흔들흔들 파란 트럭 타고 남동생 쫓아가는 큰오빠 하하하 더욱 크게 입 벌려야 하는 어머니 아래턱이 빠져나갈 듯 아아아 매연에 콜록콜록 기침하는 어머니 남은 앞니 하얗게 중앙선처럼 뻗어 있는 어머니 입속 달려가는 형제들 아아 어머니 그냥 입 다물어 버리세요 길을 내주지 말아요 어머니 그깟 자식 다 포기해 버리라구요 하하하 하품하느라 아무 소리 안 들린다고 잡아떼는 어머니 언젠가 건너편 차선으로 돌아올 아들 살피느라 더욱 입을 크게 벌리고 잠 못 드는 어머니 건너다보는 눈동자 돌아난 실핏줄 터져 버릴 것 같아 눈 비비지도 못 하고 하하하 마른 눈물만 찍어 내는 어머니 아직도 돌아오지 않는 아들

때문에 끝내 입 다물지 못하고 마른 목구멍 하얗게
드러내며 매연 삼키고 있는 어머니

개얼굴

걸핏하면 말 앞에 개가 먼저 나온다
사는 게 개떡 같아

앞마당에 쪼그려 앉아 똥 누는 막내 동생
엉덩이는 개복숭아 닮았다
똥에서도 복숭아 향기 가득하다

저놈의 개새끼
동생 똥 집어먹고 튀는 강아지

개, 하면
꼭 떠오르는 얼굴
몇 있다

말랭이

일찍이 나는 어머니를
말랭이로 만든 이력이 있다

무 감 호박 가지 고추
산나물 등
안 말려 본 게 없다

말도 잘 다듬어서
햇볕에 말리면
말랭이가 될 수 있을까

물 적시면
서서히 말이 살아나는
책 한 권
만들 수 있을까

어머니처럼 살아나지 않으면
어떡하지?

열정

노래방에 가면
열정을 열창하던 적이 있었다
그 노래를 들으면
내가 생각난다는 동창도 있었다
가을날 오후
아버지가 쓰러졌다는 전갈을 받고
병원으로 가는 버스에서
그 노래가 나왔다
어둠 속에서 나는 울었네를
속으로 따라 부르는데
전화가 왔다 그 동창이었다
가로수 잎들이 붉게 물든 오후
열정이 흘러나오는 동안
주고받았던 짧은 안부
동창은 여전히 그 신도시에 살고 있고
시집을 출간했다고 했다
나는 제대로 된 시 한 편 쓰는 거 같지 않고
시골로 이사를 앞두고 있었다
버스가 그 신도시를 지나

병원 가까운 정거장에 섰다
종점이었다
골목을 꺾어 들자 냉정한 바람이 들이닥쳤고
열정에 대한 기억은 깡그리 사라졌다
한밤중 닭이 운다
정말 열정적으로 운다
실은 나도 최근에 열정을 부르다
운 적이 있다
그 닭처럼 뒷발로 바닥을 치며
한 소절 부르다 울고 만 적이 있다
아무 서러움도 없다고 여기는데
한밤중 닭이 목 놓아 운다

어시장에서

어쩌면 하늘거리는 물풀과
입맞춤하고 사랑했을
푸른 청어들 옆에는
바다를 향해
인어 공주의 전설이라도 들으려는 듯
다소곳하게 귀를 모으고 있는
은갈치가 있다

별똥같이 까만 눈을 깜빡이는 꽃게는
밤마다 어느 별을 집어와 삼켰는지
딱딱하고 울퉁불퉁한 가슴 쓸어내리며
거품을 게워낸다

볼록한 아가미 속에는
무슨 뱉어 내지 못한
고백이라도 엉겨 있을까

마지막 눈물이 뭉쳐서
얼어 버린 듯한 눈동자

죽어서도 눈 감지 못하는 생선들

좌판에 무덤처럼 쌓여서
떨이로 유기되는 생선들

비린내를 맡고 따라온 고양이처럼
어시장을 배회하다
대형 수족관 앞에서 발이 멎는다

나에게서 뼈를 발라놓은 듯한
대게들이 켜켜로 누워
골똘히 눈동자를 굴리고 있다

뼈만 남아서 살아갈 방법을
궁리하고 있는 것 같으나
뾰족한 방법이 없어 보였다

남산 위의 자물통

너와 나는
케이블카를 타고 올라와
불빛을 내려다본다

너는 돈가스를 먹고 난 후
사랑의 맹세를 남기자고 말한다

너는 나에게
사랑해,라고 말하며
나의 목에 자물쇠를 채운다

이런 가학적 사랑이라니

하지만 영원할 거 같아서 기쁘다

좋아서 웃는다

차츰 녹는다, 웃음이

시퍼렇게 녹슨다

사랑이 병균 같다

그래도 좋단다

사랑

바람은

나의 어머니 같아서

매섭게 나의 뺨을 때렸다

부드럽게 어루만지고

또

나를 안고 울기도 하고,

사랑도 바람처럼

그렇게 나의 곁을 스쳐갔다.

희양산

희양산은 우리 집 뒤에 있다

멀리서 갑자기 날 보고 싶다고 온 친구가

모자를 쓰고 왔다

웬일이니? 안 쓰던 모자를 쓰고

모자를 벗었는데 맨들맨들 희양산 같다

출가를 했거나 몹쓸 병에 걸렸거나

출가가 더 몹쓸 병 같다

쏟아지는 눈발, 햇볕, 비바람을

맨머리에 죽비처럼 맞아도

희양산은 언제 해탈에 이를지

오늘도 머리를 안개에 묻고

건너 산과 면벽하고 앉아 있는 희양산

그새 친구는 병이 다 나아 모자를 벗었답니다

제6부

전깃줄 위의 생을 위해 애도함

언잠

하얀 잠이 내려온다
그는 하얀 침대보를 덮고 있었다
얼굴만 남겨 놓고
눈 속에 묻혀 있는 듯 누워 있었다
아직 온기가 남아 있는 심장 부근에서
축축하게 물기가 돌았다
등까지 물기가 배어 나왔다
아무도 눈을 치우려 하지 않는다
아무도 그를 깨우려 하지 않는다
그의 방에는 점점 잠이 쌓이고
눈이 쌓이고 그의 방은 냉동실이 되었고
누운 채로 그의 일생이 꽁꽁 얼어서
방을 빠져나올 땐 그의 일생을 일부분 깨뜨려야 해서
얼어 있는 엄지손가락을 당겨 인주를 묻히고
날인을 마치자 손가락이 툭 부러졌다
잠은 아픔을 모른다
눈은 그렇게 떨어져 내려도 고통을 모른다
홀로 떨어져 있어도 외로움을 모른다
차갑고 외로운 곳에서

그가 겪은 고독의 두께만큼
하얀 이불을 덮어 주고
마지막 얼굴을 덮어 주고
그가 가는 길에 푹신하게 카펫을 깔아 주며
유빙이 되어 강을 건너갈 수 있도록
무덤 속까지 잠이 얼어서 깨어나지 않도록
눈은 쌓이고 또 쌓인다

당직

밤 열 시
간식으로 생고구마를 깎아 먹는다
바퀴벌레가 기어오고 있다
죽일까 말까 고민한다
하얗던 고구마가 새파랗게 변한다
칼은 하얗게 마른 얼룩이 묻어 있다
밤에는 자야 하는데
바퀴벌레도 안 자고
나도 안 자고
나는 낮과 밤을 바꿨고
바퀴벌레는 먹이와 목숨을 바꾸려 한다
아 그게 아니고 바퀴벌레가 심심해서
놀러 나왔는지 모른다
아 그게 아니고 내가 심심할까 봐
나랑 놀아 주려고 나왔는지 모른다
아 그게 아니고 너도 당직이구나
너의 일가를 지키기 위해 보초 서러 나왔구나
문틈에서 더듬이를 굴리는 바퀴벌레
그래 못 본 척하고

먹으려던 고구마나 마저 먹어야겠다
아, 좀 나누어 달라는 신호 같구나
옜다, 너나 나나 잠들지 못하는 밤

2월의 납골당

2023년 2월은 5층짜리 납골당

맨 위층의 일, 월, 화요일 비었고
맨 아래 1층의 수, 목, 금, 토요일 비었습니다
죽고 싶은 사람은 위 날짜를 살피어
사망하시기 바랍니다
겹치면 안치 불가이니 서로 상의해서
돌아가시기 바랍니다
아니면 4월엔 한 층 더 증축 예정이니
그때까지 죽음을 미뤄 보시기 바랍니다
정월 대보름, 장 담그기 좋은 날, 손 없는 날,
입춘, 우수라고 적혀 있는 이름을 지우고
당신의 이름을 적어 넣기 바랍니다
그대들에게 무슨 행사나 기념일이 필요할까요
빨간 날짜들이 수상합니다
날짜 밑에 면회 오는 날이라고 적어 놓았는데
누군가 면회 오길 눈 빠지도록 기다리다가
동공이 뚫려 버린 백내장을 앓은 적 있지요?
죽어서도 이렇게 하루, 하루를 살아 넘길 수 있어요

칸마다 독신자 아파트처럼 큰 글씨로 호수가 적혀 있어요
오늘은 창틈으로 햇살이 비쳐 오네요
나는 걸어 나갈 수도 없는데 왜 현관문은 잠가 놓았을까요
혹 내가 무단으로 나가 버리면 2월은 넘어갈 수가 없겠군요
잃어버린 날짜를 찾느라 달력은 엄청 펄럭거리겠군요
찢겨져 나간 1월의 날짜들이 아직 떠나가지 못하고
주변에 나부끼고 있네요
벌써 꽃잎인 줄 착각할 뻔했어요

전깃줄

길을 찾아가고 있어요 안타깝고 간절하게
찌릿찌릿한 고통의 끝을 찾아가고 있어요
공중에 칼금을 그으며 틈새가 오므라들까 봐
서둘러 발을 내딛곤 하지요
지난 석 달은 행복했어요
아무도 내게 전화를 걸어온 사람이 없었거든요
아득하게 고독하게 차분하게 살 만했답니다
사는 게 외줄타기가 맞아요
철렁거릴 때가 얼마나 많은지요
길은 양쪽에서 귀를 잡아당기고 있어요
뇌신경도 따라서 흔들리지 말라고
전봇대에 머리카락을 감아 주기도 하면서요
비는 사선을 그으며 쏟아지고 있네요
끝없이 직진이라고 어쩌면 고통의 끝은 없을 거라고
고통은 시작만 있을 뿐이라고
겉으론 평온한 사람도 수만 수천 볼트
고통의 전류가 뇌를 타고 흐를지 몰라요
앞으로가 걱정이에요
혈관은 낡아 가고 새똥 같은 피똥이

혈관을 막고 있다고 했어요
전깃줄은 이미 고혈압에 걸렸어요
풍 전조증으로 부르르 떨기도 하지요
어떨 땐 온몸이 마비된 것처럼 꼼짝 않고 있어서
가끔 새가 와서 흔들어 보고 날아가곤 하지요
아직 길이 멀었는데 툭, 이 긴장을 놓아 버리고 싶어요
벗어날 길 없는 이 길을 포기하고 싶어요
전봇대는 벌써부터 목에 전깃줄을 감고 있었군요
양팔을 벌리고 십자가처럼 나를 내려다보고 있었군요
빗방울은 팔 아래 매달려 눈물로 호소하고 있나요
들어주지 않을 기도는 이제 하지 말자구요
살려 달라고 해도 어차피 죽을 목숨이잖아요
늘 발버둥 치느라 발에 땅이 닿은 적이 없잖아요
고통은 저렇게 머리 위에서 전류를 따라
잘도 흘러가고 있네요

전깃줄에

흘러가는 전깃줄에 손을 대면 안 된다

전깃줄에는 석탄을 싣고 떠난 기차가 석양을 싣고 되돌아오고
전깃줄에는 떠나간 철새가 아이를 낳아 되돌아오고
전깃줄에는 하얀 비닐이 나비가 되어 돌아오고

전깃줄에는 어디로 가는지 알 수 없는 전기가 흘러
아니 갔다가 되돌아오는지도 모르는 전기가 흘러

모두 공중에서 얼마나 평등하고 평화롭게 흘러가는지
흘러가는 전깃줄에 손을 대면 안 된다

이쑤시개 같은 발가락으로 전깃줄을 움켜쥔 어린 새가
뒤뚱거리지 않도록 전깃줄에 손을 대면 안 된다

검은 음표처럼 앉아 있는 새들이 부르다만 노래처럼
아침을 끝낼까 봐 전깃줄에 손대면 안 된다

누구든 전깃줄에 손을 대면 안 된다

전깃줄 칸칸 서랍처럼 닫혀 있는 하늘에서 주룩
비가 흘러내릴지도 몰라 전깃줄에 손을 대면 안 된다

기차도, 나도 탈선하고 싶은데
행여 누구라도 절대 전깃줄에 손을 대면 안 된다

지중화地中化

가은 읍내는 지중화 작업 중이다

오래된 보도블록은 오버쿡킹 된 카스텔라다

블록을 걷어 내고
한 다스의 연필심 같은 전깃줄을 묻는다
전봇대는 뽑혀 나가고
읍내 곳곳 탄내가 진동한다

도로 위에선 모락모락 김이 나고
고양이들은 밤새 피려다 만 꽃 같은
발자국을 남겼다

여름은 두더지처럼 땅속을 타고 온다

석탄 굴을 지나오면서 새카맣게 그을려 온다

우리 동네 전깃줄엔 새까만 까마귀들이 늘었고

읍내에선 노숙하는 새들이 사라졌다

어떤 벌레

몸이 일 센티도 안 되는 벌레 한 마리가
망사 커튼 같은 거미줄에 매달려
철봉 타듯 몸을 굴린다
몸을 굴리면 굴릴수록
벽과 벽 사이
거미줄 길이도 길어지고
벌레의 몸길이도 늘어나는
난생 처음 보는 벌레다
그 아래 나의 침대가 있다
자려고 누우면 저절로 보이는
정체 모를 이 벌레를 발견한 지
한 달이 다 되어 가는데
이 센티 정도
구석에서 벗어나 있다
나에게 점점 가까이 오면
죽을 수도 있는데
이 벌레는 눈이 없는 모양이다
주변에 공기밖에 없는데
무엇을 먹고사는지도 궁금하다

몇 번이나 손을 갖다 대었으나 거두었다
나 같은 미물이 할 짓이 아닌 거 같았다
밤 열 시 바람도 없는데
지금도 흔들리는 거미줄과 저 몸뚱이
눈이 없으니 잠도 안 자나 보다

장미 505사絲

내가 일곱 살 겨울
엄마가 떠 준 스웨터 실 이름은
제일모직 장미 505사인 줄 알았는데,

버스 타고 전주 남문 시장까지 가서 사 왔다는
장미향이 나는 꽃 같은 털실인 줄 알았는데,

알고 보니
그것은 털실이 아니고 가느다란 전깃줄이었다

은은하게 전류가 흐르는 듯
스웨터는 따뜻했고 옷을 벗을라치면
등짝부터 따다닥 정전기가 일었다

도깨비처럼 머리카락까지 따라 일어섰고
스치는 동안 번개처럼 불꽃이 튀었다

그런 스웨터를 엄마는 일본말로 독고리라고 부르며
점점 좁아지는 스웨터 속으로

나의 목과 팔을 끼워 넣곤 했다

작아진 스웨터는 풀려서 조끼로
조끼는 풀려서 다시 목도리가 되어
나의 목을 감고 있었다

나의 목에는 엄마가 보내는
애잔한 전류가 흐르고 있었다
나의 체온은 그렇게 유지되고 있었다

장미 505사는 여전히
전깃줄처럼 튼튼하고 질겼다
엄마의 근심 덩어리처럼
풀렸다 짜여졌다 반복하는 동안
장미 505사는 닳고 닳아서
반질반질한 피복이 덧입혀져 있었다

스웨터는 코로 시작되었다
아무 냄새도 맡지 못하는 코

공중의 까만 전깃줄을 보면
왜 까만색만 있는지
장미처럼 가지각색이 아닌지 궁금했다

도로마다 늘어선 전깃줄

버스를 타고 달리면
내 목도리에서 풀려나온 털실이
나와 함께 멀리멀리 도망가고 있었다

전화

진동으로 울리는 너의 전화에
꽃병에 꽂아 놓은 꽃이 부르르 떤다

연못가 갓 피어나는 버드나무
감정 파문 때문에 나는 가만히 웃곤 했었다

어떤 작은 속삭임도 전해들을 수 있었던
실에 꿴 종이컵 전화기

너와 나는 어렸을 때 그러고 놀았지
끊어진 실들은 엉켜서 바람이 되었지

너는 마부가 부는 휘파람 소리를 들으며
마부가 내뿜는 담배 연기를 맡으며
낙타를 타고 사막을 넘어가고 싶었지
건너편 저 멀리 초원이 보이는 곳으로

마부의 휘파람은 일종의 주문 같은 거
사막의 바람을 불러일으키는

낙타 긴 눈썹에 모래가 스쳐갈 때
힘겹게 껌뻑거리는 불빛 같은 눈동자
새벽 한 시 오십 분
전화기 너머 너의 목소리는 그랬지

참 신기하고 신기하지
목소리로 유지되는 너와의 관계
하늘에 늘어선 전깃줄처럼 이어져 가는 관계

백만 년 동안의 고독같이 잠잠하다
진동에 떨고 다시 이어지는
백만 년 동안의 고독 같은 너와의 관계

그래도 아무 불만도 없고 서운함도 없는
그러나 전깃줄처럼 뭔가 통하고 있는

마을 회관

방금 따온 새파란 무청 시래기는 전선줄에 걸려 있다

돌담과 대추나무가 있는 골목을 돌아가면
마을 회관이 나왔다
대추나무는 빗자룻병을 앓고 있다

마을 노인들은 한 가지씩 병을 안고 있다
정자 마루에 빈 병처럼 앉아
방금 떠난 버스를 무연히 돌아보고 있다
모두 목이 없는 토르소 같았다

어른들은 냇가 나무처럼 싱싱하고 싶었다
가지를 많이 뻗고 싶었다

자잘한 나뭇가지를 붓처럼 묶어
공중에 소망을 적고 싶었다

전봇대는 냇가 나무보다 더 높이 솟아
나뭇가지보다 더 가느다란 전선을 길게 뻗어 가고 있다

마을 회관 스피커에선 누군가 돌아가셨다는 소식이
세 번이나 반복으로 들려오고 있다
끊어진 전깃줄은 생의 단면을 닮았다

단풍나무는 저 혼자 붉어져
떨어져 내리고 있다

챙 넓은 모자를 쓴 공공근로 노인들이
집게와 비닐 부대를 들고 오고 있다

쭈뼛쭈뼛 마루 안쪽으로 모여 앉는 노인들에게서
빈 병 부딪히는 소리가 났다

오래전부터 이 마을에 뿌리를 내리고 살았다는 말에
나도 뿌리를 내려야 하는지 나에게도 뿌리가 있는지
노인들 틈에 끼어 가만히 발을 뻗어 본다

어떤 벌레는 고치가 되었다
빗자룻병에 걸린 대추나무는 싹이 돋지 않았다
노천 전깃줄은 얼마나 덥고 지겨울까
아랑곳하지 않고 두건 쓰고 밭으로 간다
새벽 다섯 시인데 벌써 환하다

2023년 유월
이옥금

/ 해설 /

기둥 하나로 세운 시

이민호(시인, 문학평론가)

1. 시를 세우는 일

시는 쓰는 것이 아니라 짓는 것이다. 어원으로도 시poem는 그리스어 'poesis'에서 유래했는데 '만들다'는 뜻을 품고 있으니 더욱 그렇다. 그처럼 시는 쓰는 것만이 능사가 아니다. 이옥금 시를 대하며 시는 어쩌면 세우는 일이 아닐까 하는 생각이 든다. 시를 짓고 관조하는데 머물지 않고 하늘 높이 올리는 일은 아닐까.

바슐라르는 시적 상상력을 수직적 상상력이라 특히 집어 말한다. 정지된 시간, 밋밋한 시간, 일상적 시간, 타인의 시간, 사물의 시간에서 벗어나 수평적 삶에 묶인 존재에 해방을 재촉한다. 이 수직적 상상력은 선회의 시간, 길들여지지 않은 시간, 신비로운 시간, 존재의 응집을 보여주는 시간이다. 이옥금의 이번 시집은 그러한 시인의 시간을 담고 있다. 심장이 고동치고 있는지, 기쁨이 커지고 있는지 더 이상 알지 못한 채 살아가는 생의 면면에 균열을 놓는다.

이옥금은 시 「당산나무」에서 수직적 상상력의 실마리를 드러낸다. 그는 '낯설고 막막한 들판', 즉 수평적 시간에 갇혀 있다. 거기에서 '오벨리스크' 상징과 대면하고 있다. 태양신을 우러렀던 남근 욕망과 마주한 것이다. 그의 시는 거기에서 시작한다. 그의 삶을 지배했던 지배적 권위를 부정하고 무언가 다시 시작하고자 한다. 하늘에 닿고자 하는 수직적 몽상을 '위해' 기존 서판 위에 돌멩이 하나를 얹듯 시 한 편을 올려놓는다. 그것은 '기둥 하나로 세운' 시의 '신전'이다. 궁극적으로 '수도자의 얼굴'을 한 시의 다발이 '나뭇잎'처럼 매달려 아우성치는 깃발을 꿈꾸고 있다.

그에게 시를 세우는 일은 수평적 시간에 갇힌 존재를 '위해' 기다리고, 길 떠나며, 기꺼이 돌아가는 일이며, 새롭게 다시 세우는 일이다. 그것은 기억하기 위해 애도하는 일이다. 돌아오지 않은 것들을 위한 기다림의 시이며, 어느 질곡에선가 빠져나오지 못한 것들을 위한 떠남의 시이며, 지금은 사라진 것들을 위한 돌아감의 시이며, 앞을 가로막는 길을 건너기 위한 다시 세움의 시이다. 그렇게 먼 곳에 다녀오기 위해 기억하고 전깃줄 위에 걸린 듯 위태로운 목숨을 위해 애도하는 시이다.

2. 식물성 대화와 엇갈이의 시

이옥금이 시를 세우는 공간은 자연이다. 구체적으로는 귀농하여 스스로 선택한 농촌의 일상이다. 아직은 시의 씨앗을 뿌리고 가꾸는 단계다. 시의 열매는 내밀한 곳에 웅크리고 있다. 그런 측면에서 기둥의 시라 할 수 있다. 펄럭이는 시의 깃발은 내걸리지 않은 상태다. 다만 순정한 시의 아우성이 보이지 않는 곳에서 들리는 것 같다.

어떤 사과는 주인 모르게
마음속 병을 앓는다

이파리 뒤에서
끝까지 숨기고 익는다

아픈 사과는 무겁다

중력이 더 해
지상으로 지상으로 더 가까이
닿는다

과수원 주인은
병든 사과를
가슴에 꿀이 든 줄 알고
딴다

물까치 떼가 쪼아댄 상처는
비품으로 분류하고
마음이 아픈 사과는
정품으로 골라 놓는다

해가 갈수록
사과밭 주인이나 사과나
마음이
무겁고 무겁다

—「과심果心」 전문

이 시를 보며 김억이 번역한 타고르의 시 「원정園丁」과 김종삼의 시 「원정園丁」이 떠오른다. 타고르의 시에서 정원사gardener로서 화자는 '죽음을 그립어하는 풀들'과 '이르게 올으는 저녁달'에 대해 말한다. 풀들과 저녁달은 모두 원정이 관리하는 과수원, 혹은 정원에서 동거하는 사물이다. 원정은 이러한 사물들과 대화를 나누는 능력이 있다. 시인도 마찬가지가 아닐까. 풀들이 왜 죽음을 그리워하며, 저녁별이 서둘러 떠오르는 이유를 시인은 알고 있다. 타고르는 여왕과 신하의 관계를 통해 하사받은 원정의 소임을 다하려는 뜻을 담는다. 달리 말하면 신을 찬양하는 자연의 소리를 들어 전달하는 자로서 시인의 역할을 다하고 있다.

이 시에서도 시인은 과심을 꿰뚫고 있다. 그는 자연의 마음속 병을 헤아려 상처를 위무하는 소임을 다하고 있다. 과심은 분별없이 곧 시심이 되어 침묵 속에서 내밀한 대화를 나눈다. 이제 사과밭 주인과 사과는 서로 생의 무게를 공유함으로써 통한다. 이는 보들레르가 "자연은 살아 있는 기둥들이/때때로 모호한 말들을 새어 보내는 사원"이라 말했던 교응Correspondances의 순간과 같다. 보들레르가 "컴컴하고

도 심원한 통일 속에서/긴 메아리 멀리서 섞이어 들듯" 서로 화답했듯이 이옥금도 자연과 교감한다.

여기서 자연과 나누는 무거운 대화는 김종삼의 원죄 의식을 떠올리게 한다. 김종삼은 평과苹果, 즉 사과를 "몇개째를 집어 보아도 놓이었던 자리가 썩어있지 않으면 벌레가 먹고 있었다./그렇지 않은 것도 집기만 하면 썩어 갔다."고 자탄한다. 이때 원정은 시인에게 신이라도 된 듯 다스린다. "당신아닌 사람이 집으면 그럴리가 없다고." 이 말은 시인을 위축시키는 저주와 같지만 시인의 운명은 그럴 수 없다. 척박한 불모의 땅에서 '악의 꽃'을 피워낸 보들레르처럼 문학의 어머니는 신의 다스림 밖에 있다. 이 시에서 이옥금이 체감한 무거움도 단지 원정의 관리나 다스림에 머물러 있지 않겠다는 마음의 소리라 할 수 있다.

농촌살이에서 시 쓰기는 끊임없는 반복과 순환 끝에 맺는 열매들이라 할 수 있다. 거기에 유위적有爲的 시학은 어울리지 않는다. 억지로 만들어낸 시는 무위자연無爲自然에 속할 수 없다. 그런 측면에서 이옥금의 시 쓰기는 엇갈이의 시학이라 이름 붙일 만하다. 아무 때나 씨를 뿌려 거두는 일로서 인위人爲에서 자유로운 시법이라 할 수 있다. 그것은 "돌아오지 않은 닭을 위해/닭장 문을 부숴야겠다(「닭들이 돌아온다」)"

는 실존적 결단이며, 문명의 급습에 공포에 떨고 있는 짐승들과 엎드려 우는 밤(「산골 깊은 밤」)을 선택한 존재론적 인식이다.

돌들이 머리에 초록 수건을 쓰고 있다
밭을 매는 할머니처럼 엎드려 있다
이마에서 땀방울이 뚝뚝 떨어진다

할머니는 열무를 뜯으며
밭에 돌이 있어야 농사가 잘 된다고 했다
돌들이 오줌을 싼다고 했다
그래서 가물어도 채소가 산다고 했다

돌들이 이끼를 기르고 있다
무성할 땐 초록 채소밭 같다
가끔 사라졌다 나타났다 하는 걸 보니
돌들은 엇갈이로 이끼를 기르고 있다

—「돌이끼」 전문

생명生命은 생生과 명命, 즉 태어남과 죽음(목숨)이 대립하지 않고 더불어 있는 형상이다. 태어남을 잉태할 수 없을 것 같은 '돌' 위에도 생명은 존재한다. '가끔 사라졌다 나타났다' 소멸과 생성을 멈추지 않는 달의 행로와 같다. 이는 목숨 걸고 길러낸 자연의 의지이다. 밭 매는 할머니처럼 수축과 확장을 반복하며 밀고 나가는 오체투지(「청벌레」)이며, '뼈가 닳도록 눈발을 쓸어 내고(「열한 시 반 시골 버스」)' 난 후의 세상이다. 해방 공간이며 자유와 연대가 살아 있는 장소이다. 이옥금의 시도 그처럼 중갈이하며 흘린 땀방울이고 오줌이다. 모두 생명 현상에 관여하는 물질적 상상력이다.

이 대화적 상상력은 바흐친의 크로노토프chronotope 형식을 띤다. 크로노토프는 삶을 드러내는 그물망으로서 시공간이다. 씨줄과 날줄이 교차하는 망조직matrix-fabric이며 네트워크이다. 이는 타자와 소통하는 것이며 나와 다른 경험을 한 주체와 의식을 같이하는 순간이며 사건이다. 그런 점에서 시 「완두」가 펼치는 크로노토프는 의미심장하다. 한 꼬투리에 든 생명들은 벌과 나비와 바람의 자식들이다. 불가능할 것 같은 타자들의 동거는 상징적 계보학을 무너뜨리는 경계 넘기이며 환타지이며 신화적 사랑의 환희이다.

바흐친은 "나는 인간 일반이 아니라 바로 '이 사람'이고 이 사람은 구체적인 크로노토프 안에서 살아가는 것이며, 삶이란 추상적인 것이 아니라 자신의 구체적이고 유일한 크로노토프가 타자에 반응을 보이며 행위를 수행하는 실체"라고 말한다. 이처럼 이옥금의 시는 타자와 동일한 시공간에서 공존하는 크로노토프를 내장하고 있다. 논리를 거슬러 갈등 속에서 새로운 의미를 창조하는 불확정적 사건들이 엇갈이한 장소이다.

3. 물과 돌의 변주곡

자연 속에서 획득한 시심이 타자와 교류하는 시공간인 식물적 대화의 크로노토프를 생성했다면 이옥금 시에서 물과 돌은 경직된 삶을 강요하는 이미지로 작용한다. 자연의 품속에서도 좀체 가시지 않는 억압이 그를 옥죄고 있는 것이다. 한편으로 이번 시집에서 긴장을 유지하는 라이트모티프Leitmotiv를 구성하는 계기가 되기도 한다. 불연속적으로 타자 지향적 의지를 흔들기도 하고 삶의 안정된 리듬이 아니라 불협화음을 일으키기도 한다. 그럼에도 부정적이기보다는 시의 다성성을 확보하는 특질이기도 하다.

이른 아침 바다를 건너올 때

집을 나가던 바다는
저녁을 끌고 다시 집으로 돌아온다

남자 하나가 바다로 걸어 들어가고 있다

저녁 해도 바다로 빠져들고 있다

대교를 건너가는
자동차들도 바다로 빠져들고 있다

문이 없어서 아직
바다에서 빠져나오지 못한 것들이
출렁이고 있다

—「바다에는 문이 없다」 전문

바다는 모성 상징으로 여성성을 대표하는 이미지다. 그러므로 '집을 나가던 바다'도 '다시 집으로 돌아' 오는 바다도 모두 시인의 환유적 치환물이라 할 수 있다. 바다는 남자와 저녁과 자동차들을 집어삼킨다. 그런데 귀환할 수 있는 출구가 없다. 이는 품기만 하고 토해 내지 못하는 이타적 모순을 함축하고 있다는 데서 고통의 환유이기도 하다. 시인은 여성성의 감옥에 갇혀 있다. 그의 의지와 상관없는 최초의 실재이다. 요나 콤플렉스가 어머니의 태반, 즉 안온하고 평화로운 공간을 상징한다면 이옥금이 담고 있는 요나 콤플렉스는 무의식 속에 퇴행하는 자아를 드러낸다.

이러한 아이러니는 자아가 '바다를 뒤로 한 채(「바다로 가는 길목」)' 얼굴 없는 존재로 사물처럼 취급당하는 소외로 나타난다. '녹슨 뼛조각(「바다 위를 건너가는 버스」)'은 그러한 존재성을 잘 드러내는 사물이다. 마침내 "나는 어쩌다 집으로 돌아가지 못하는지" 자탄하며 자기 연민에 빠진다. 이는 신의 부름을 거부했던 요나에게 내려진 징벌일 수 있다. 철학은 근본적으로 향수, 즉 어디에 있든지 고향 집에 있고자 하는 충동이라고 노발리스가 말한 바 있다. 시도 마찬가지다. 이옥금은 스스로 집이 되는 것을 거부한다. 시 「코리도라스 여자」에서 물은 여성적 감옥이다. 바다로 가는 것은 여성성에 묶이는 것이다. 그래서 탈출 욕망을 품지만 탈출구가 없다. 바다가 감옥이 되는 아이러니는 '돌' 이미지에서도 성립된다.

남자가 돌멩이를 쏟아 놓았다
돌들이 온통 땀에 젖어 있다

여자 혼자 사는 집
저만치 뒤 곁에 두고 한 개 한 개 날라
키 맞추어 쌓아 놓고
남자가 갔다

—「돌담」에서

똑, 똑, 똑, 똑, 구두 굽에 더욱 힘을 주어 노크하자
이빨들 모서리를 세워 내 발부리를 조아 버릴 것 같다
발길을 늦추고 서서히 걸어가는 늦은 밤 귀갓길
물음표같이 내려온 할 뒤축으로
똑, 똑, 이 길 속에 누가 있느냐고 묻는데
입도 안 벌리고 늘 대답을 안 하는 당신은
어젯밤에도 어떻게 내 구두 굽은 갉아먹었던 거지요?

—「구두 소리」에서

사랑은 왜 눈에 담을 수 없을 만큼
눈물을 만드나요
나는 그곳에서 본 당신의 마지막입니다

당신이 내게 던진 돌멩이가
벽이 되고 돌담이 되어 서 있습니다

—「은둔」에서

시 「돌담」에서 돌멩이는 남자의 부분 요소로 제유적 속성을 지니고 있다. 남자의 수고로움은 땀에 젖은 돌 이미지에 고스란히 담겨 있다. 그래서 여자는 남자가 쌓은 돌담 속에서 안전하다. 그러나 이 수동적 평화는 이옥금의 시에서 자아 훼손의 단초이기도 하다. 이처럼 돌은 혹은 남성성은 그에게 이중적 감옥이라 할 수 있다.

시 「구두 소리」에서 돌은 보도블록으로 변신하여 돌담의 경계 넘어 견고하게 시인에게 다가선다. '똑똑 똑 똑' 신호음은 자신의 존재를 알리는 소리이며 '늦은 밤'의 위험에서 보호를 호소하는 구명 소리이기도 하다. 그러나 그 소리는 무시된 채 오히려 다듬어지고 갉아 먹히는 교정 언어로 변질돼 그를 억압한다.

돌은 이끼를 키우는 생명력을 상실하고 새로운 시의 탑을 올리는 주춧돌로 쓰였던 소명을 배반한 채 벽과 돌담 장애물로 변질된다. 마침내 그는 깨닫게 된다. 돌과 같은 남성적 권위에서 안주했던 자신을 발견하고 현실 앞에 서게 된다. 시 「은둔」은 그러한 양상을 담고 있다. 남자가 던진 돌멩이가 보호 기능을 상실하고 오히려 벽과 담이 되어 그에게 다가선다.

그러나 궁극적으로 물과 돌의 이중성은 그에게 중요한 계기를 마련한다. 레비나스가 설파했듯 '타자로부터 나를 해체하고 새롭게 구성하는 긍정적 계기'이다. 추함과 아름다움을 모두 읽게 된 것이다. 이는 하이데거가 말했듯이 '자기 삶의 본래적 모습을 회복하려는 징후'이다. 최초의 실재를 의심하게 되었고 최초의 경험과 논쟁하여 실존적 결단의 순간을 맞이한다. 그래서 일상에서 벗어나기 위해 '여행'을 감행한다. '자기 자신의 삶 살기'를 실천하는 것이다.

말같이 생긴 사람이 말가죽 구두를 신고 말같이 간다
소같이 생긴 사람이 소가죽 구두를 신고 소같이 간다
양같이 새긴 사람이 양가죽 구두를 신고 양같이 간다
물소같이 생긴 사람이 물소 가죽 구두를 신고 물소같이 간다
낙타같이 생긴 사람이 낙타 가죽 구두를 신고

낙타같이 간다

타조같이 생긴 사람이 타조 가죽 구두를 신고 타조같이 간다

뱀같이 생긴 사람이 뱀 가죽 구두를 신고 뱀같이 간다

가죽과 가죽이 가족같이 걸어간다 코를 세우며 간다

악어같이 생긴 사람이 악어 가죽 구두를 신고 악어같이 간다

도마뱀같이 생긴 사람이 도마뱀 가죽 구두를 신고 도마뱀같이 간다

캥거루같이 생긴 사람이 캥거루 가죽 구두를 신고 캥거루같이 간다

이구아나같이 생긴 사람이 이구아나 가죽 구두를 신고 이구아나같이 간다

밍크같이 생긴 사람이 밍크 가죽 구두를 신고 밍크같이 간다

염소같이 생긴 사람이 염소 가죽 구두를 신고 염소같이 간다

컨베이어 벨트를 타고 간다
다시는 이 땅에 돌아오지 않을 사람처럼

—「여행」 전문

'다시는 이 땅에 돌아오지 않을 사람처럼' 떠나는 여행은 자기 자신의 죽음 앞에 앞서 달려가 보는 일이다. 이는 현재 나의 본래적 모습은 무엇인가 묻는 일이며, 피안에 있는 시간에 대해 묻는 것이 아니라 지금 여기에 있는 시간에 대해 묻는 일이라고 하이데거는 말한다. 반드시 죽어야 할 운명 앞에 소극적 삶을 지양하고 일상의 흐름에서 벗어나 스스로 구축한 생을 구가하라는 것이다.

이 시에서 시인은 열세 켤레 구두로 변형된다. 이 형상적 변경eidetic variation은 우연히 '~같이 생긴' 판단을 중지 시키고 부분적 변주를 통해 그가 지닌 본질에 가 닿으려는 시적 상상력이다. 그렇게 '~같이' 보이는 존재에서 보이지 않는 가능성을 획득하여 '~같이' 변형돼 여행을 떠난다. 이 존재론적 변형은 물과 돌의 이중적 차이를 발견함으로써 수많은 타자들의 속성이 내 존재 확인의 근거임을 보여주고 있다. 열세 번의 다중성이 그의 시에 담긴 것이다.

4. 시의 깃발을 올리기 위해

이옥금이 세운 시의 기둥은 전면과 후면이, 혹은 외면과 내면이, 또는 의식과 무의식이 동주同住하는 형상이다. 이는 타인의 얼굴에서 죽음과 구원을 동시에 발견한 레비나스의 존재론이다. 그러므로 그의 시에는 타자의 죽음 앞에서 타자를 자기 자신과 같이 사랑하라는 언명이 새겨 있을 것 같다.

자연의 이법 속에서 식물적 대화를 나누는 엇갈이의 시학은 안데르센 동화에 나오는 공주처럼 완두콩을 느끼는 예민함을 지니고 있다. 그게 사랑이라면 좀 더 확대된 시적 서정이라 할 수 있다. 그처럼 시의 씨앗이 뿌려진 공간은 친근한 장소로 기억될 것이다.

그 장소에 세우는 시의 기둥은 자존적이다. 가방으로 환치된 여성(「여자와 가방」)은 지금까지 어디 한 곳에 못 박혀 있었지만 이제 여행을 감행한다. 자궁으로 환유된 바다(「검은 비닐봉지」)는 생명의 근원이기도 하지만 죽음의 공간이기도 하다. 그러나 그는 사라지지 않는 감각을 기억해 내(「벽 속에서 귀뚜라미가 운다」) 위태로운 생의 전깃줄에 한 생애를 걸치고 있다. 다시 일어설 유토피아를 꿈꾼다.

전깃줄 위에서 펼쳐지는 그의 현실 인식은 영화 〈전선 위의 참새〉를 떠올리게 한다. 여행에서 돌아와 그동안 숨어 살았던 삶에서 벗어나 자신의 과거와 다시 마주하고 있다. 이제 그의 시는 기둥을 세웠으니 깃발을 달아 펄럭이게 할 차례다. 아마도 그 경지는 망각하지 않으려는 애도 끝에 올리는 기도 같은 것이리라.

잠은 아픔을 모른다
눈은 그렇게 떨어져 내려도 고통을 모른다
홀로 떨어져 있어도 외로움을 모른다
차갑고 외로운 곳에서
그가 겪은 고독의 두께만큼
하얀 이불을 덮어 주고
마지막 얼굴을 덮어 주고
그가 가는 길에 푹신하게 카펫을 깔아 주며
유빙이 되어 강을 건너갈 수 있도록
무덤 속까지 잠이 얼어서 깨어나지 않도록
눈은 쌓이고 또 쌓인다

—「언 잠」에서

그러므로 다시 침묵 속에 스스로를 안치시

킬 수 있어야 한다. 아픔과 고통과 외로움과 고독 속에서 시가 다가오기를 기다려야 한다. 시는 그가 마주해야 할 수많은 마지막 얼굴이다. 스스로 소멸함으로써 강을 건너듯 깨어나 자기 삶을 사는 것이다.

리얼리스트 시전詩全 2
꽃이 시들지 않아 하루도 쉴 수 없다

1판 1쇄 펴낸 날 2023년 6월 30일

지은이 이옥금
펴낸이 이민호
펴낸 곳 봄싹
출판 등록 제2019-16호
주소 10442 경기도 고양시 일산동구 일산로 142, 427호(백석동, 유니테크빌벤처타운)
전화 02-6264-9669 | **팩스** 0505-300-8061 | **전자 우편** book-so@naver.com

편집 주간 방민화
디자인 신미연
제작 두성 P&L

ISBN 979-11-979474-2-1 03810